누군가 떨어트린
구원을 주워다 삼켜 버렸다

진희연

목차

1. 나의 우울

2. 일상을 살더라도

3. 살아있으니까

제 1부

나의 우울

우울이
우울을
죽이고

　일상에서도 흘러나오는 우울함이 작은 컵을 넘어 그릇을 넘어 욕조를 가득 채우고도 모자라 화장실 바닥까지 차오르고 발목을 넘어 무릎을 넘어 가슴까지 차오를 때까지 아무것도 할 수 없었다. 내 우울함에 숨이 컥컥 막혀 허우적거리기를 반복하다, 이내 꼬르륵 제 우울함에 잠겨 죽어버린다.

내일은 오지 않는다. 아침은 오지 않는다.

나는 죽었다. 결국 죽어 버렸다. 다음날도 그다음 날도.

나는 눈을 뜰 수 없다. 움직일 수도 없고, 먹고 말할 수도 없다. 글을 쓸 수도 읽을 수도 없고, 노래를 들을 수도 없다. 내 일상은 끝났다. 허무하게도 제 우울함에 잠겨 죽었다. 누구도 탓할 수 없는 죽음을 맞이했다. 대상이 없는 죽음은 죄가 되어 지옥에서 눈을 뜨리라. 아무도 들을 수 없는. 들어서는 안 되는 기도를 하리라.

불행은
전염성이
강하다

　불행은 전염성이 강하다. 한 인간이 불행해지면 그의 주변인들에게까지 옮겨붙는다. 그러면 한 집안이 몰락하고 그의 작은 세상이 멸망하고 결국 그는 혼자가 된다. 불행은 불행을 낳아서 더 큰 불행을 만들고 모두가 그를 탓하기 시작하며 돌을 던지고 손가락질하고 작았던 불행은 인간에 의해 부풀려지기 시작한다.

며칠 굶어 먹잇감을 발견한 짐승처럼 모여들어 불행을 뜯어 먹고 그것으로도 부족해 서로를 뜯어 먹는다. 결국 모두 불행에 빠지고 남은 것은 형체를 알아볼 수 없는 불행뿐이다.

보라색
장미

처음 자해를 했을 때 생긴 흉터를 가리기 위해 타투를 했다. 총을 감싸고 있는 보라색 장미. 첫 타투여서 의미도 정했었다. 불완전한 나를 아프게 한 사람들을 잊고 영원히 나를 사랑하자. 뭐 그런 뜻이었던 것 같은데 기억이 잘 나지 않는다.

처음 하는 타투에 기대와 설렘이 가득 찼던 그때 다시는 자해를 하지 않겠다고 마음먹었으나, 그 다짐은 오래가지 못했다.

아직도 내 몸 이곳저곳엔 상처와 흉터들이 가득하다. 고작 타투 하나로 내 마음이 괜찮아지는 건 아니니까. 어쨌든 나는 보라색 장미를 좋아한다. 보라색 장미의 꽃말은 영원한 사랑과 불완전한 사랑. 전혀 다른 사랑을 말하는 모순적인 꽃말이 마음에 든다. 우리 지금 불완전하지만, 영원히 사랑할 거야. 또는 불완전한 나를 영원히 사랑해 줘, 영원하다 믿었던 사랑은 불완전하게 흔들리는 사랑이었다.

등등 많은 문장을 만들어 낼 수 있다. 아무튼 보라색 장미는 많은 영감을 준다. 요즘 진정한 사랑이 뭔지에 대해 고민하고 있는데 그게 중요한가라는 생각으로 끝났다. 사랑은 얼어 죽을. 자신도 사랑하지 못하면서 남에게 받는 사랑에 집착이라니. 사랑, 사랑, 사랑. 사랑이 대체 뭘까.

나는 분명 사랑을 했었는데 남아있는 사랑이 아무것도 없다. 그렇다면 사랑은 내가 만들어 낸 상상 속 감정일까. 사랑은 아프고 힘들고 고통스럽고 허망하고 애통하고 그런 게 사랑인가. 내 사랑은 다 아팠는데 남들은 사랑이 좋다고 한다.

그럼 나는 사랑하지 않은 것인가. 사랑해 사랑해. 입술이 붙지 않는 사랑은 벌어진 입술 사이로 다 빠져나갔나 보다.

누군가 떨어트린
구원을 주워다
삼켜 버렸다

길을 걷다가 바닥에 묻힌 십자가 자국을 봤어. 누군가 떨어트린 구원이 밟히고 밟혀 형체는 없어지고 자국만 남았더라. 한참을 그 자리에 서서 십자가를 바라봤어. 자신의 존재를 어떻게든 알리려고 더러운 시멘트 바닥에 짙게 물든 게 꼭 나 같아서, 사람들이 쳐다보던 그냥 그 자리에 무릎을 꿇고 기도했어.

너에 대한 기억을 잊게 해 달라고, 부스러기 한 톨 남기지 않고 모든 걸 잊게 해 달라고, 지옥 같은 삶 말고 진짜 지옥에 살게 해 달라고. 기도가 끝나기 무섭게 소식도 없던 비가 내리더라. 신도 나를 가엽게 여겼나 봐. 폭풍 같은 눈물을 흘려줬어. 지독하게도 기구한 삶을 사는 나를 대신해서.

끌나지
않을
이야기

  과거를 지울 기회가 온다면 기꺼이 모든 기억을 지우겠다. 문득 떠오르는 지난 내 선택들은 후회만 가져다준다. 어제 했던 선택도 당장 내일이 되면 후회하는 삶을 살다 보면 어제가 1년 전이 되고 5년 전이 되고 10년 전이 된다. 후회는 후회를 끌어다 발목을 잡고 늘어진다.

자신을 좀 보라고 발악하며 나를 잡고 놔주지 않는다.

철저히 과거에 묶여버린 나는 현재에 있어도 과거를 산다. 시간은 흘러 몸은 어른이 되었어도 속은 작았던 그 모습 그대로, 아팠던 기억을 그대로 껴안은 채 계속 아프다.

여름은 뜨겁고
바닥은
차가운데

네가 나를 죽였으면 달라졌을까? 요즘 그런 생각을 해. 언제 악마로 변할지 모를 너의 눈치를 보고 웃으며 장난치다가도 주먹을 휘두르고 조금만 언짢아도 폭언을 퍼붓고 억지로 바닥에 눕혀 교복 치마를 올리던 그때,

작은 주먹이 무서워 반항조차 제대로 하지 못하고 받아들였던 내가 죽음이 무서워 살려고 선택했던 방법 말고 죽더라도 도망쳤다면 달라졌을까?

　집에 와서 몸을 벅벅 씻어도 씻기지 않는 냄새가 역겨워서 변기통을 잡고 구토해도 다음 날이면 다시 네 옆에 있는 나를 차라리 죽이지 그랬어. 한여름에 땀을 삐질삐질 흘리면서 긴 팔을 고집하던 나를 그냥 죽이지 그랬어. 졸린 목이 아파서 겨울에는 목도리를 두르지 못하고 멍든 팔이 안쓰러워서 무더위에도 반팔을 입을 수가 없어.

멍든 몸을 엄마가 보게 될까, 마음 졸이며 이불을 머리끝까지 덮어쓰고 숨죽여 울었던 나를 네가 죽였어야 했어. 살아도 죽은 것 같다. 시간이 많이 흘러서 기억은 흐려졌어도 몸이 기억하나 봐. 목이 아프다. 뺨이 아프다. 머리가 아프고. 다리가, 전신이 아프다. 바닥에 앉지도 못하고, 밥 먹을 때 국물 한 방울조차 흘리지를 못한다.

언제라도 네가 다시 나타나서 상을 엎고, 뺨을 때리고, 욕을 퍼부을까 봐 무섭다. 아직 꿈에 네가 나와. 화장실 문턱에 머리가 부딪치는데도 쑤셔대던 네가 나와. 그거 알아? 나는 원래 여름을 좋아해.

여름의 냄새가 좋고, 여름밤의 온기가 좋고, 채도를 높인 것처럼 진해지는 여름의 색을 좋아해. 근데 이제는 좋아해도 좋아한다고 할 수가 없다. 어쩔 수 없이 들어내야 하는 살갖을 보면 사람들이 물어보니까. 그 흔한 물놀이도 가지 못해. 십 년이 지나도 사라지지 않는 흉터는 사람들의 관심과 시선을 받기 좋으니까. 옷차림이 가벼워질 때나만 겨울에 살아. 동물들이 겨울잠을 잘 때 나는 여름잠을 자. 좋아하던 여름을 즐길 수 없다. 그러니까 그냥 죽이지 그랬어.

사람으로 살 수도 없게 만들어 버릴 거면 그때 차라리 죽이지 그랬어. 늘어가는 약을 볼 때마다 꽤 자주 그런 생각을 해.

영원

영원 하자. 영원을 믿지 않던 나를 영원으로 밀어 넣고 사랑은 믿어도 절대 영원은 없다 확신하던 나를 영원히 믿게 만들어 버린 사람. 그렇게 영원한 사랑을 가르치고 떠나버린 사람. 두 번 다시 영원은 없다고 역시 영원한 것은 없다고 세뇌를 시켜도 한 번 믿어버린 영원을 쉽게 놓지 못한다.

다른 사랑으로 영원을 잊으려 해도 결국 돌아가게 되는 영원. 영원 하자고 떨리는 손을 꼭 붙잡고 했던 목소리에 진심을 느꼈기에 영원이 나를 떠났어도 영원을 사랑한다. 나를 거쳐 간 수많은 사랑은 결국 영원 비슷한 것이라도 찾기 위한 수단이었다. 처음 영원을 믿게 만든 영원을 찾는다. 어쩌면 영원히 돌아오지 않을 영원을 기다리고 또 기다린다.

우연일까,
운명일까

　하늘도 무심하지. 오늘같이 힘든 날 네 생각이 난다. 타이밍도 더럽게 안 맞는다. 우리. 쓸데없이 학교에 일찍 등교하던 우리는 텅텅 빈 교실에 먼저 도착한 사람 귀에 꽂힌 이어폰 한쪽을 나눠 끼고 노래를 듣는 게 일상이 되고, 성씨도 비슷해서 번호대로 붙여놓기 좋아했던 선생님 덕에 뭐든 같이 했잖아.

너는 노는 걸 좋아하고, 장난치는 걸 좋아하고, 화도 많고, 인정도 빨랐지. 나는 조용하고, 책을 좋아했고, 자주 아팠고, 차분해서 너를 많이 달랬지. 결은 달랐지만 나름 잘 맞았던 것 같다. 환절기마다 아파서 엎드려 있으면 네 교복 마이랑 교실에 있는 담요를 잔뜩 덮어두고 친구들 만나러 사라지던 네가 생각나. 그렇게 놀다가도 잔뜩 분에 찬 너를 어르고 달래면 금방 사그라들던 네 모습도 생각나고, 내 말이라면 차분하게 들어주던 것도, 시선 받는 게 부끄러운 내 옆을 졸졸 따라다니면서 내 이름 부르던 네 목소리도 듣고 싶다.

좋아한다고 말은 못 했지만, 나는 그때 너 좋아했어. 여름방학 지나고 오면 꼭 말하려고 했는데 갑자기 사라졌더라. 그 뒤로는 네 생각 안 했어. 최대한 빨리 잊으려 했어.

근데 너는 진짜 멋대로 굴어서 나를 혼란스럽게 만들더라. 우리랑 연관도 없는 곳에 나타나서 예전 모습 그대로 내 앞에 서서 웃었잖아. 키는 조금 더 컸나? 나 사실 그때 너 알아봤는데 아는 척 못 했어. 모르겠다. 그냥 네가 알아봐 달라고 뒤돌아 웃었는데 아무것도 못 했어. 왜 그랬지.

나 진짜 바보 같다 그렇지? 말없이 사라져서는 아무렇지 않게 나타난 네가 미웠나봐. 그때 아는 척했으면 어땠을까?

그날 이후로는 네 생각 종종 했어. 어떻게 지내는지 궁금했어. 찾으면 찾을 수 있었는데, 그냥 안 했어. 신기한 우연이라 생각하고 넘겼어. 그랬는데, 외할머니 장례식 끝나고 도착한 화장터에 어떤 남자가 엄청 서럽게 울고 있더라.

옆에는 비슷한 또래 여자가 어깨를 토닥이고 있었어.

그 남자 뒤에 앉아서 외할머니 차례가 오기를 기다리는데 자꾸 남자가 신경 쓰이는 거야. 진짜 서럽게 울고 있었거든. 나는 눈물이 고이지도 않는데, 그 남자는 세상이 무너진 거처럼 울었거든. 저기 멀리서 나이 많은 남자가 걸어오면서 그 남자 이름을 불렀는데, 네 이름이랑 똑같았어. 그때부터 심장이 온몸에서 뛰어대고 설마 하는 마음에 자리에서 일어나 앞으로 가서 얼굴을 확인했는데 진짜 너였어. 너는 진짜 이상하고, 이기적이야. 어린애처럼 울고 있는 너를 보는데 눈물이 고이더라. 아니, 나도 서럽게 울었어.

당장이라도 달려가서 안아주고 싶었는데 이미 네 옆에는 사랑하는 사람이 있는 거 같더라고. 근데도 네가 너무 외로워 보였어. 그래서 울었어.

나는 혼자고 너는 혼자가 아닌데, 혼자인 나보다 더 외로워 보여서 울었어. 그때도 너한테 말 한 번 못 걸었네. 어머니를 잃었지만 내가 설 자리가 없는 것 같았어. 그래서 비겁하게 아는 척 못 했어. 잊을만하면 나타나서 마음을 흔들고 가는 네가 너무 미웠어. 지나면 그립고 보고 싶은데, 눈에 보이면 밉다. 이상하지, 나도.

20대가 되고 이제는 진짜 너를 추억으로 묻으려 했는데, 화장터에서 네 어깨 토닥여주던 여자하고 걸어가는 거 봤어. 그래도 그때는 웃고 있어서 안심했어. 행복해 보이더라. 이야기가 길어졌네. 이제는 정말 찾고 싶어도 너를 찾을 수가 없어. 잘 지내는지 궁금하다. 네가 떠난 뒤로 난 엉망으로 살았고, 지금도 자주 아파. 이상하다.

너만 생각하면 기분이 너무 이상해. 표현할 수 있는 단어가 생각나지 않는다. 그냥, 오늘따라 네가 덮어줬던 담요가 그립다.

바다가
되어버린
사람

회색이 된 하늘은 무게를 견디지 못하고 비를 내린다. 빗물이 바다의 표면과 닿으면 하나가 된 액체는 흔적도 없이 사라져 버린다. 비가 오는 것도 모르고 바다 앞에 앉아 바다와 빗물이 하나가 되는 걸 보고 있으면, 자신도 저렇게 되고 싶다는 생각을 한다. 흔적도 없이 사라지고 싶다.

사라져도 이상하지 않을 만큼, 오히려 사라지는 것이 자연스러울 만큼 그런 삶을 살고 싶다.

바다에서 태어나 바다에서 살아온 나는 바다가 제집인 마냥 자주 바다를 찾고는 했다. 우울증에 걸린 나는 무기력함을 이겨내고 버스를 타고 몇십 분을 달려 병원에 가야 했고, 그럼 돌아오는 길에 무조건 바다에 들렀다. 눈을 감고 바닷소리를 들으면 바다가 자신의 우울을 다 가져가는 것 같았다. 밀려왔다가 되돌아가는 파도가 자신의 감정을 다 가져간다고 생각했다. 그렇게 몇 시간 동안 앉아 있다가 집으로 돌아갔다.

바다에 감정을 버리고 오는 날은 그나마 잠을 좀 잤다. 병원에 갔다가 다른 일이 있어 바다에 들리지 못하는 날에는 거의 뜬눈으로 밤을 지새워야 했다. 나는 그만큼 아프다.

내가 우울증에 걸린 것은 아무래도 사람 때문인 듯하다. 인간관계에 늘 열심히 했으니까. 받는 상처도 많았을 것이라고 스스로 생각했다.

그렇다고 그들을 탓하진 않는다. 자신의 욕심이라 생각하는 나는 그로 인해 더 아픈 것이다. 타인을 탓해도 되는 상황이 분명히 있음에도, 자신을 탓하니까.

어떤 점이 잘못됐는지 누구보다 잘 알고 있다. 하지만 그것을 고치는 일은 세상에서 가장 힘든 일이다. 그래서 약의 힘을 빌리기로 마음먹었다.

상담도 받고 있다. 상담사는 꽤 좋은 사람이고, 잘 맞는다. 나의 이야기를 잘 들어준다. 다만, 아픈 점을 이야기하고 오면 그날 하루는 엉망이 되어버린다.

아직은 내면을 들여다보는 게 힘든 것 같다. 나는 꽤 자주 죽음에 대해 생각했다. 좋아하고, 잘하던 일을 할 수 없게 되었을 때, 그때 가장 죽고 싶었다.

더 이상 자신이 쓸모가 없어졌다고 생각했다. 요즘은 다시 좋아하는 일을 할 수 있게 되었지만, 여전히 많은 사람들 앞에서는 힘들다. 어쩔 수 없나? 마음의 병도 몸이 아픈 것처럼 시간이 오래 걸린다는 걸 아직은 깨닫지 못하고 있다.

***

병원과 상담소에 오가다 보니 벌써 겨울이다. 나는 겨울을 좋아한다. 떡볶이 코트에 검은색 목도리를 두른 나는 오늘도 바다에 들렀다.

바람이 꽤 차지만 아랑곳하지 않고 모래 사장 위에 털썩 주저앉아 눈을 감고 바다에 감정을 버렸다.

겨울에 바다를 찾는 사람은 많다. 겨울 바다는 여름 바다보다 더 깊고 넓어 많은 사람의 감정을 수용할 수 있다. 그래서인지 다들 사랑도, 미움도, 아픔도 버리러 온다. 나도 마찬가지다. 시간이 꽤 흘렀음에도 여전히 치유되지 않은 아픔을 버리러 왔다. 모두 서 있거나, 산책로를 걸으며 바다를 보지만 나는 바닷물이 닿을 듯한 거리에 앉아있다.

눈을 감고 오늘의 아픔을 버리는데 여기저기서 시끄러운 알림음이 울린다. 나의 휴대전화도 마찬가지다. 주머니에 넣어둔 휴대전화를 꺼내자 재난 문자가 와 있다.

[긴급재난문자] 18시부터 많은 눈이 오리라 예상되니, 일찍 귀가, 대중교통 이용, 안전운전(안전거리 확보) 등 눈 피해가 없도록 안전에 유의 바랍니다.

바다에서는 흔치 않은 일이다. 눈이라니, 그것도 폭설이라니. 사람들은 대수롭지 않게 여기고는 휴대전화를 집어넣고 제 할 일을 했다.

나도 그 자리 그대로 앉아 다시 눈을 감았다. 그렇게 5분 정도가 지났을 무렵 얼굴 위로 차가운 무언가가 툭툭 떨어졌다. 파도가 튀나 하고 눈을 떠보니 진짜 눈이었다. 생각했던 것만큼의 폭설은 아니었지만, 꽤 많은 양의 눈이 내리고 있었다.

주위 사람들은 모두 눈을 피하고자 편의점으로 들어가 우산을 사거나, 관광객들을 숙소로 들어갔고, 차에 올라타는 사람들도 있었다. 그 정도로 많은 눈이 내렸다. 떡볶이 코트에 금세 눈이 쌓이고, 노랗던 모래사장이 하얀색으로 뒤덮이는 장면을 목격했다. 이 신기하고도 특별한 경험에 황홀감을 느꼈다.

겨울을 좋아하고, 특히 겨울에 내리는 눈을 좋아한다. 바다에서 나고 자라면서 눈을 볼 경험이 많이 없었던 터라 오늘같이 손에 꼽히도록 눈이 오는 날의 바다에 있다니 낭만적이라 생각했다. 집에 가고 싶지 않았다. 눈이 수면 위에 닿을 때마다 금방 녹아 없어지는 게 아름다웠다.

더 가까이서 보고 싶다는 생각에 한 걸음 한 걸음 바다 쪽으로 옮겼다.

어느덧 바닷물이 발목까지 차오르고, 수면 위에서 녹아버리는 눈처럼 자신도 녹고 있다는 느낌을 받았다.

그래서 더 앞으로, 계속 앞으로 나아갔다. 바닷물은 무릎을 지나고, 배를 넘어, 가슴까지 차올랐다. 그럴수록 행복했다. 치료와 상담을 받아도 나아지지 않던 기분이었는데, 오늘은 모든 게 다 허용될 만큼 행복하고 완벽했다. 그렇게 목까지 차오른 바다는 나를 삼켰다.

겨울에 내리는 눈을 좋아하는 바다에 살던 나는 진짜 바다가 되어 새 삶을 살아간다. 나와 같은 다른 누군가가 바다에 감정을 버리러 올 때 사람을 좋아하던 내가 모든 걸 안고 흘러가겠지.

바다가 되어버린 나는 봄에도, 여름에도, 가을에도, 겨울에도 계절이 바뀔 동안 계속 자신이 앉아있던 곳에 그대로 머무를 것이다.

바다에
묻어주자

　모래를 파고 사랑을 묻었다. 파도가 밀려와 사랑이 절로 바다에 빠졌다. 언젠가 사랑이 죽으면 바다에 뿌려달라던 농담 같던 유언이 생각난다. 농담이길 바랐는데 사랑이 죽어 해변가 모래를 파고 있는 내 모습을 보니 이제야 실감이 난다. 살아도 꼭 같이 살고, 죽어도 꼭 같이 죽자고 해놓고 먼저 죽어버린 사랑이 밉다.

내 사랑은 맞아 죽었다. 죽음에 좋은 죽음이 어디 있겠냐만, 내 사랑은 기구한 죽음을 맞이했다. 얼굴은 팅팅 부어 내가 알던 얼굴도 아니었고, 한쪽 눈알은 튀어나와 있었다. 맞다가 혀를 씹었는지 반토막이 난 혀에선 피가 줄줄 흐르고 무엇보다 구타당한 사랑의 피부는 보라색이었다. 나는 사랑을 묻고 바다에 몸을 던지겠다. 같은 날 같이 죽음을 맞이하기로 했으니 사랑의 마지막 소원을 들어주고 그가 빠진 바다로 빠지겠다. 평생을 둘이 함께 했으니, 죽어서도 둘이 함께 하자.

독한
것

그때 죽었어야지. 하루가 흐르는 동안 후회만 한다. 그러게, 그때 죽었어야 했는데 괜히 살아서는 죽지도 못하고 죽은 사람보다 못한 삶을 살아가고 있다고. 갈비뼈를 비집고 들어와 심장을 쿡 찌르는 말 덕분에 늘 심장이 아프다. 내 안에 또 다른 누군가가 살고 있을지도 모른다.

어쩌면 이미 의사들이 말하는 조현병이 있을지도 모른다.

남들이 보지 못하는 것을 봤었고, 남들이 듣지 못하는 것을 들었으니까. 근래에는 내 안에서 누군가 내 생각을 조종한다고 생각한다. 온전한 내 생각이 없다. 죽고 싶은 나와 죽을 수 있냐고 빈정대는 나와의 싸움뿐이다. 이런 말을 들으면 다들 미친년이라고 할까. 근데 나 미친년 맞는데. 이런 세상을 정신도 놓지 않고 어떻게 살아갈 수 있을까. 십 년 전 아무도 나를 도와주지 않았던 것처럼 여전히 아무도 나를 도와주지 않는데 어떻게 맨정신으로 살 수 있을까.

기구한 운명을 타고 태어난 내가 제정신이라면 오히려 사람들은 나를 보고 독한 것이라고 할 것이다. 독한 것.

당신을
유리처럼
만진다

당신을 유리처럼 만진다. 고열에 넣었다 빼었다. 고난이란 고난은 다 겪으며 이리저리 돌림을 당하고 바람 몇 번의 고귀한 숨결에 만들어진 당신을 혹여나 깨질까 소중히 만진다. 금이라도 가버릴까 한곳에 모셔둔 채 옮기지도 못하고 최대한 조심히 닦고 또 닦는다.

끈적한 액체에서 단단한 고체로 변했을 지언정 여리고 여린 당신은 작은 흔들림에 라도 깨질까 단단히 고정해야 한다. 불편하지는 않은지요. 고정 당한 당신에게 안부를 묻는다. 돌아오는 대답은 없지만 하루에 한 번씩은 괜찮은지 물어본다. 아프지는 않은지 불편하지는 않은지 금이 가지는 않았는지 이가 나가지는 않았는지 매일 살핀다. 당신이 금이 간 것 같습니다. 어느 날은 목소리가 들려온다. 자신보다 더 소중하게 당신을 돌보느라 채 돌보지 못한 자신이 금이 간 것조차 몰라 답답했는지 당신이 목소리를 내어줍니다. 저는 괜찮습니다.

당신처럼 고열에 넣었다 빼었다 고난을 겪으면서 단단해지는 중입니다. 그렇게 안심시킨다. 목소리를 들어도 불안한지 단단히 고정한 당신이 흔들리기 시작한다.

덩달아 자신도 흔들리기 시작한다. 괜찮다고 하지 않았습니까. 예를 갖추었지만, 화가 묻어 떨리는 목소리가 불안하다. 역시나 돌아오는 대답은 없다. 당신을 더욱 단단히 고정하고 자신도 단단히 고정한다. 당신을 유리처럼 만진다.

우울은
작아지지
않고

엉금엉금 기어 울면서 약부터 집어삼키던 내가 이제는 한숨으로 눈을 뜨고 일어나 걸어서 약을 먹는다. 많이 발전했다. 여전히 눈을 뜨면 살아있다는 모멸감에 절로 깊은 한숨이 나오고 시름시름 앓는 목소리가 나오지만 그래도 눈물은 나지 않는다. 매일 젖어있던 베개가 말라 있다.

한참을 누워 아무것도 하지 못하고 겨우 침대에서 내려와 기어가던 모습은 없다. 살려달라고 애원하는 모습은 있다. 짐승만도 못한 모습으로 앉아 울기만 하던 모습은 없다. 사람 같은 것으로 보이는 물체가 맥없이 움직이는 모습은 있다. 꼭 죽은 사람 같다. 죽어서 좀비가 되어버린 사람이 맥없이 단어 없는 목소리만 뱉어내는 모습으로 생활한다. 우울은 작아지지 않고 약의 힘을 빌려 죽음을 살리는 일만 했다. 더 나아진 것은 없다. 어느 날은 좋은 기분으로 하루를 보내고 한꺼번에 밀려오는 우울 덕분에 어둠이 내려앉은 방에 홀로 앉아 엉엉 울어야 하고 어느 날은 밝은 빛이 스며 들어온 아침부터 좋지 못한 기분으로 하루를 보내고도 모자라 어둠이 내려앉은 방에 홀로 앉아 엉엉 울어야 한다. 아프다. 아프다. 아프다.

가슴께를 쳐 봐도 낫지 않는 아픔은 곧 죽음이다. 눈꺼풀을 들 힘조차 없어 계속 감기는 눈을 억지로 떠야 한다. 눈을 감으면 과거로 돌아가고 고스란히 남은 과거의 통증이 전신에 퍼진다. 아프다. 아프다. 아프면서 눈을 뜨지 못한다. 계속 과거를 여행한다. 일 년 전으로 갔다가 삼 년 전으로 가고 십 년 전으로 갔다가 다시 이 년 전으로 돌아온다.

엉켜버린 과거를 풀기에는 기력이 부족하다. 과거를 여행하고 눈을 뜨면 이곳이 십 년 전인지 삼 년 전인지 모른다. 그대로 다시 눈을 감는다. 우울은 작아지지 않고 크기를 키우고 커져 버린 우울은 곧 죽음이다.

부작용

엄마 나는 불어난 몸덩이가 꼴 보기 싫어져 오늘 방에 있는 거울을 다 깨버렸어. 약을 먹으면 제일 먼저 눈에 띄는 부작용이 체중 변화라던데 아빠는 알고 있었어? 매일 밤 폭식에 구토하고 울면서 잠이 드는 나를. 단순히 많이 처먹어서가 아닌 이 또한 약 부작용이란 걸 엄마 아빠는 알고 있었어?

매일 아침 한숨으로 눈을 뜨고 오늘도 살아있다는 모멸감에 엉금엉금 기어 빈속에 약부터 집어넣는 나를. 그런 나를 알고 있어? 나를 좀 봐. 우울함에 감겨 사람인지 짐승인지도 모를 모습으로 앉아 있는 나를 봐. 아무것도 하지 못하고 멍하니 앉아 피눈물만 흘리는 나를 좀 봐. 오늘 몇 개의 약을 먹었는지조차 기억하지 못하는 딸의 모습을 바라봐. 처참히 망가지고 또 망가져 이제는 곤죽이 되어버린 딸을 그저 스트레스라는 단어 하나로 포장해버리는 당신들의 죽은 딸을 봐.

비밀

우리만 아는 이야기를 해볼까

다 안다고 생각했지만, 아무것도 모르던 그때, 어른도 아니면서 어른인 척 허세를 어깨에 잔뜩 지니고 다녔던 그때, 가만히 서 있던 나를 향해 목표물을 정해둔 것처럼 정확히 네 손이 내 목을 조르고 벽 끝까지 밀어붙였을 때, 라면 국물 한 방울 때문에 내가 좆같은 년이 되었을 때,

우리의 아지트였던 곳에서 겁에 질려 벌벌 떨면서 거절하던 나를 잡아먹었을 때 그때 너는 나를 사랑했니?

있잖아, 민

나는 그때 너를 사랑하지 않았던 것 같아 10년이 넘는 시간 동안 너를 사랑했다고 생각했는데 그렇지 않은 것 같아 너한테 미안하다고 해야 할까 나는 언제쯤 그때를 잊을 수 있을까 이 말을 듣는다면 일그러진 표정으로 바라볼 너를 생각하면 나는 다시 치맛자락을 꽉 쥘 수밖에 없어

있잖아, 민

그때 네가 정말 나를 사랑했다면 말이야
그렇다면 나는 너를 용서하지 못할 것 같아
매일 밤 꿈에서 너를 만나 차갑고 딱딱했던
바닥의 감촉이 몸 구석구석을 지배하고 나
를 욕망 풀이로 사용했던 너의 표정과 행동
이 분노로 가득 차버린 내 심장을 갉아먹어

그러니까 대답 좀 해봐 너는 나를 사랑했니?
지금 내 눈앞에 맥 없이 누워 있는 너를
보니까
자꾸 그때가 생각나는데 너는 말이 없구나

우울냄새

  너도 널 감당 못 하는데 누가 너를 감당하겠어. 너도 널 사랑하지 않는데 누가 널 사랑하겠어. 사랑스러운 구석이라고는 찾아볼 수도 없는데 누가. 누가 널 사랑하겠어. 할 수 있는 거라고는 사람들이 잠들었을 때 밖에 나가 줄담배나 피우고 신세 한탄이나 하는 널 누가 사랑하겠어.

걸만 멀쩡히 숨기면 뭐 해. 속은 썩어 문드러져 찌르면 피가 아닌 눈물만 줄줄 흐르는 널 누가 사랑하겠어.

차고 넘치는 우울함이 숨긴다고 숨겨지지 않고 단 세 마디에서 티가 나는데 누가 널 사랑하겠어. 살아도 사는 게 아니고 남들이 보지 못하는 걸 보고 듣는 널 누가 사랑하겠어. 살짝 스치기만 해도 우울의 냄새가 코를 찌르는데. 누가. 누가 날 사랑하겠어.

제 2부

일상을
살더라도

클로버

언제부터였는지는 모르겠다. 습관적으로 행운을 미친 듯이 모으기 시작했다. 행운을 상징하는 클로버에 관한 모든 것들을 찾아 다녔다. 인위적인 행운이 너무 많은 탓이었을까. 나의 인생에서 행운은 없다. 안정적이고 고요한 것들만 모인 내 방. 그곳에서 방의 주인만이 가장 불안정하고 파괴적이다.

평화롭게 울리는 클로버가 그려진 풍경소리를 들으면서 나는 나를 파괴한다. 무질서 속에 질서를 갖추고 모순만이 가득한 방 안에서.

사랑100g

　어쩌면 그 아이가 나를 더 사랑할지도 모른다는 기대감이 들었다. 사랑을 무게로 잴 수만 있다면 얼마나 편할까. 사랑 100g 주세요. 이 말 한마디면 세상에 갑과 을은 사라지고 평등한 사랑만이 존재하지 않을까. 모든 불안과 우울은 사라지지 않을까. 여러형태의 사랑이 있다지만 나는 사랑이 어렵다.

내 사랑이 올바른 사랑인지 아닌지 알지 못한다. 오히려 세상에서 사랑은 이것입니다. 라고 정해준다면 불안은 사라질까. 그런 말도 안 되는 상상을 하고는 한다. 내가 주는 사랑이 때로는 부담으로 다가와 상대가 나를 거부한다면, 내 사랑의 크기가 너무 커서 데굴데굴 굴리고 질질 끌어야만 상대에게 전해진다면, 그렇다면 사랑은 내 사랑은 과연 옳다고 할 수 있을까. 불안정한 내가 완전한 너를 사랑하는 일. 어렵다. 무섭고 불안하다. 사랑은 언제나 불안을 가지고 온다. 다른 사람들은 사랑을 하면 세상이 핑크빛으로 변하고 얼굴에서 미소가 끊이질 않고 가슴은 간질간질하다던데.

나는 묵직해진 심장을 부여잡고 불안에 떨어야 하며 세상은 겨울을 맞이할 준비를 하고 있다. 그렇다면 나의 사랑은 옳은 것인가.

나는 지금 그 아이를 사랑한다. 내가 사랑을 알 방법은 불안이다. 이런 나를 그 아이는 감당할 수 있을까.

천사를
보았습니다

　뼈만 남은 몸통 옆으로 활짝 펼쳐진 날개만 윤기가 흐르고 있었습니다. 어쩌다 그 지경이 됐는지는 모르겠지만 아마 지상으로 떨어져 버린 천사에 대한 사람들의 무관심과 혐오 때문이지 않겠냐고 생각을 했습니다. 길바닥에 죽어있는 천사를 보고도 피해 가기만 할 뿐, 그 누구도 애도를 표하지 않았습니다.

오로지 저만 윤기가 흐르는 천사의 날개에 황홀함을 느끼고 뼈만 남은 몸통에 애도를 표했습니다. 간단히 성호경을 긋고 가려는데 자꾸만 빛나는 날개가 눈에 밟혀 몸통에 미사보를 덮어 두고 날개를 훔쳤습니다. 무관심에 죽어버린 천사에 대해 애도했으니 그 정도는 해도 되지 않을까요? 제가 대신 날개를 달고 하늘로 올라가려고 합니다. 훔친 날개를 어깨뼈에 박고 날갯짓해봅니다. 처음 해보는 거라 익숙지 않지만 몇 번 연습하고 나니 금방 날아오르더군요. 있는 힘껏 날갯짓하여 하늘로 올라갔습니다. 조금만 더 가면 신이 말한 천국이 있는데, 눈앞에 보이는데, 힘이 빠져 날개가 더 이상 움직이지 않아서 아래로 떨어졌습니다.

떨어지면서 생각했습니다. 아, 이 또한 신의 심판이구나.

딱딱한 아스팔트 바닥에 곤두박질쳐진 저는 형체가 사라져버린 몸통에 날개만 남아 죽었습니다. 제가 훔친 날개는 몇 명의 사람을 홀리고 몇 번의 죄를 짓게 했을까요.

외계인

　지구로 불시착한 외계인을 만나 본 적 있는가. 흔히 생각하는 괴상한 모습이 아닌 인간과 같은 모습으로 나타난 그는 체크 셔츠에 안경을 낀 머리가 노란 외계인이었다. 하필 죽으러 찾아 들어간 낭떠러지에서 외계인을 만나다니.

키는 큰데 마르고 팔다리는 길쭉한 게 옷 핏이 예쁘다고 생각했다. 말도 안 되는 상황에 말도 안 되는 생각을 하는 자신이 어이없어서 막 웃어버렸다. 갑자기 미친년처럼 웃어대는 사람을 보고 외계인은 당황한 듯했지만, 내가 알아들을 수 있는 언어로 말을 건네 왔다. 자기가 타고 온 우주선이 고장 나서 이곳에 떨어졌다고.

낭떠러지 주변에 있던 바위를 대충 털어내고 앉아 외계인과 대화를 나눴다. 시력이 나쁜지 안경을 꼈고 투명한 안경 너머로 보이는 눈이 작지만 빛났다. 입술은 오동통한 게 한 번만 만져보고 싶어 재잘재잘 말하는 외계인의 입술만 쳐다봤다.

돌아오는 대답이 없자 외계인은 작고 동그란 눈을 껌뻑이며 나를 쳐다보길래 그 모습이 귀여워서 웃었다. 왜 자꾸 웃냐는 그의 물음에 귀여워서요 짧게 대답하고 귀여운 게 뭐예요 라는 질문에 모르겠다고 그냥 귀여운 건 귀여운 거라고 했다. 그러면 여기에는 왜 왔냐길래 죽고 싶어서라고 했다.

  어두운 새벽에 인적이 드문, 아니 날이 밝아도 오지 않는 곳까지 인간이 올 일이 뭐가 있겠나. 그냥 죽고 싶어서 죽으려고 왔는데 내가 진짜 미쳐버린 건지 여기에 앉아 외계인이랑 대화하고 있다고 아껴놨던 말을 쏟아내자 외계인은 가느다란 손가락을 내 입술 위에 올렸다.

내가 놀라 움찔거리자 미안, 만져보고 싶어서.라고 말하는 외계인에게 미친 듯이 뛰는 심장 소리를 숨기려 일부러 기침을 했다.

저 혼자 난리를 치던 심장이 진정되고서 알아차린 게 죽는다고 했는데 입술을 만져보고 싶었다는 것. 인간은 보통 죽고 싶다고 하면 무시하거나 걱정하거나 으름장을 놓는다거나 그러기 일쑤인데 외계인이라 그런가. 감정적인 행동이나 말은 없는 것 같았다. 그렇게 외계인은 죽으러 간 사람의 지루하고 우울한 이야기를 가만히 다 들어주었다.

어두웠던 새벽이 푸르스름하게 변해갈 때쯤 외계인은 또 다른 외계인들의 부름에 그들과 함께 떠났다. 입술에 남은 외계인의 감촉에 괜히 손등으로 입술을 문지르다 그가 앉아있던 바위를 봤는데 언제 새겨놨는지 모를 메시지가 적혀있었다.

죽지 마.

사랑한다

　그의 이름을 곱씹다 보면 그리움은 배가
되어 입술 사이로 흘러나온다. 제어할 수
없을 만큼 줄줄 흐르는 이름은 목을 타고
내려가 발을 적신다. 온몸이 그의 이름으로
가득 차 나를 간지럽힌다. 사랑으로 가득
찬 이름은 부르면 부를수록 더 큰 사랑을
데리고 온다.

사랑한다는 말 대신 그의 이름을 부르면 돌아보는 그의 얼굴이 사랑이다.

자꾸만 보고 싶어져 그 이름을 부른다. 불러도 봐주지 않는 그의 등만 하염없이 쓰다듬는다. 부르면 부를수록 멀어지는 그의 뒤통수를 사랑한다. 사랑아, 사랑아. 눈에 보이지 않아도 사랑한다.

전생

　전생이 있다면 나는 소중한 누군가를 잃은 것 같다. 대상 없는 그리움과 외로움, 기다림이 10년이란 시간 동안 나를 떠나지 않고 뱃속 깊숙한 곳에 뿌리를 내리고 있었다. 사랑을 해도 뽑히지 않는 뿌리는 사랑을 할수록 영양분을 흡수해 더 크고 단단해졌다.

아픈 사랑에서 뿜어져 나오는 영양분은 독이 되고 기괴하게 변형되어버린 그리움은 나를 때린 자를 향한 그리움인지 나를 억지로 범했던 자에 대한 그리움인지 진정한 사랑에 대한 그리움인지 흐려져만 간다. 그립다고 외쳐도 돌아오지 않는 대답에 눈물이 흐르지 않은 지 이미 오래다. 차라리 눈물이라도 쏟아내면 나아질 텐데 그걸 아는지 억지로 눈을 찔러도 나오지 않는 눈물은 속에서 바다를 만들었다. 바다는 깊어만 지고, 뿌리는 두꺼워지고. 이러다 제 속에 잠겨 죽어 부검이라도 하게 되는 날엔 배를 갈라도 그리움만 줄줄이 나올 것 같다.

인간에게는 세 번의 생이 존재한다는데
부디 이번 생이 마지막 생이기를.

가슴께에
걸린
사랑

    가슴께에 걸린 사랑을 토해내느라 고생을 좀 했다. 치사량이 넘는 사랑을 먹은 탓인지 며칠을 앓아누웠다. 컥컥 헛구역질해도 빠져나오지 않아 식도가 다 헐어버렸다. 포기한 채로 답답한 가슴을 주먹으로 쿵쿵 치기만 하다 올라오는 사랑이 느껴져 변기를 붙잡고 한참을 토해냈다.

눈물과 콧물 범벅이 되도록 맞지 않던 사랑을 다 토했다. 힘없이 늘어져 간신히 변기 물을 내리는데 토해낸 사랑은 보라색이었다. 다 쏟아내고 나니 남은 게 없었다. 허기가 졌다. 일어설 힘도 없어 부엌까지 기어갔다. 냉장고를 열었으나 텅 비어버린 냉장고는 의미 없는 소리만 냈다. 냉장고 문을 닫고 기대앉아 몇 시간을 아무 생각도 하지 않고 해가 질 때까지 가만히 있었다. 토해 낸 사랑이 미친 듯이 그리웠다. 가슴께에 걸려버린 사랑을 어떻게든 토해내려 안간힘을 썼던 지난날이 미웠다. '시발, 하필 보라색이야.' 그러고 껄껄 웃었다. 부르튼 입술이 찢어져 피가 맺혔다.

그래도 웃었다. 몸이 바들바들 떨리고 이미 눈물로 가득 찬 시야는 흐려져 앞이 보이지 않았지만, 그래도 계속 웃었다. 자신의 꼴이 우스웠다.

　이러고 시간이 지나면 또 치사량이 넘는 사랑을 먹을 테고, 그럼 또 가슴께에 걸린 사랑을 토해내겠지. 끝나지 않는 딜레마에 빠져 점점 미쳐가는 자신을 알지 못하겠지.

　고요한 방을 울리던 웃음소리가 뚝 끊기고, 정적만이 맴도는 방을 나선다. 다시 가슴께에 걸릴 사랑을 찾아 떠나는 사람의 뒷모습이 초라하다.

친구

　그간 내 몸 곳곳에 핀 상처를 모르는 체했던 친구가 미안하다고 했을 때 죽고 싶어졌다. 늘 상처를 가리고 숨기기에 바빴던 나는 날이 더워도 긴팔을 입으며 땀을 뻘뻘 흘렸다. 그런 고통을 입 밖으로 꺼내지 않고 묵묵히 옆을 지켜주는 친구가 좋았다. 말하지 않아도 눈에 보여도 그저 침묵을 유지하는 친구가 참 좋았다.

걱정, 위로 그딴 거 필요 없는데. 친구의 죄책감이 내 등에 붙어 집을 만든다. 죄책감이란 집을 등에 업고 나날이 땅속으로 가라앉는다. 우울과 죄책감이 한데 모여 족쇄를 단 것처럼 발을 질질 끌어야 겨우 걸을 수 있다. 보이지 않는 족쇄는 빠르게 목에도 채워지고 조여 오는 숨통에 결국 정신을 잃어버린다. 나는 관심이 무섭다. 돌아오는 질문이 무섭다. 물음표로 끝나는 문장이 무섭다. 모든 게 끝나기만 기다린다.

10년

　내 시간은 10년 전에 멈춰 있어 현재를 받아들이기가 힘들다. 가끔 정신이 맑아질 때 현재를 살고 있는 나를 알아차리면 냉동 인간으로 잠들었다가 미래에 깨어난 사람처럼 밟고 있는 세상이 낯설다.

시대는 발전하고 건물들은 높아지는데 왜 아직 나는 과거에 발 묶여 그때를 떠나지 못하는지, 외딴 행성에 홀로 떨어진 듯한 외로움과 어색함이 주변 공기를 에워싸고 세상이 나를 버리고 먼저 미래를 향해 달려 나가는 것 같다. 이러다 혼자 고립되어 아무도 남지 않은 지구에서 길을 잃은 채 홀로 서성이지는 않을지. 버려진 시간을 다시 찾아오는 데만 10년이 걸릴 텐데, 그럼 나는 앞으로도 10년 전을 살 텐데.

헌신

누군가를 지독히도 사랑한다면 이 한 몸 불사 질러 무너지고 으깨지고 조각이 나도 그를 위해 사는 것 나의 미래는 어둡고 희미해도 그의 미래는 밝고 선명하기에 그의 빛에 타죽어도 그를 위해 살아갈 것 나를 살게 한 목소리와 문장을 위해 내 목소리를 잃어도 더러운 세상에 그의 목소리가 울려 퍼져 나은 세상이 될 수 있도록 헌신할 것이다.

자격이
있는가

　모두가 하나의 아픔쯤은 가지고 산다. 그렇다고 나의 아픔이 없던 일이 되어버리진 않을 텐데. 오늘도 나의 아비는 누구나 하는 평범한 말들로 딸을 죽인다. 분명히 위로의 말이란 것을 딸은 누구보다 잘 알고 있으나, 우울함에 허덕이는 딸은 아비의 말을 회초리로 받는다.

반복적인 매질로 딸의 귀에서는 피가 흐를 지경이고 자해하지 않아도 상처가 생기는 기이한 경험을 한다. 아픈 딸은 정말 아비의 아픈 손가락이 되어 잘려 나간다.

  매일 차가운 바닥에 억지로 누워야 했던 딸의 마음을 아비는 이해할 수 있을까. 살아 숨 쉬는 것만으로 좆같은 년이 되었던 딸의 기분을 아비는 알 수 있을까. 매일 밤 집에 오면 악을 쓰고 몸을 숨기려 한 딸의 멍들을 아비는 볼 수 있을까. 지난날 정상적인 사랑에 대해 알려주지 않았던 딸의 부모는 과연 딸의 심정을 헤아릴 수 있는가.

어린 날 나의 상처는 그 누구도 헤아리지 못한다. 그렇다면 나 또한 글을 쓸 자격이 있는가.

조각

　스쳐 가듯 지나간 말 한마디가 가슴에 박혀서 빠지지 않는다. 날마다 우울하다가도 어쩌다 한 번 웃는 날이 생기면 절대 행복하면 안 된다는 듯이 따끔거리는 심장을 부여잡는다. 존재 자체를 부정당하며 죽은 듯이 살아야 했던 날들이 밀려났다가도 되돌아오는 파도처럼 나를 덮친다.

나는 언제나 좆같은 년이었고, 더러운 년이었고, 한심한 년이었다. 가슴에 박힌 말의 조각은 그때의 기억을 상기시킬수록 깊숙하게 파고든다. 평생을 아물지 않는 상처를 내며 스스로를 감옥에 밀어 넣는 삶을 산다. 이제는 나를 아프게 한 사람이 곁에 없어도 나는 계속 아파야 한다. 그에게서 벗어날 수 없다. 어른이 되었을 그의 얼굴도 모르지만 나는 그 얼굴을 잊지 못하고 내 삶을 살다가도 비슷한 모습을 한 사람을 보면 흠칫 놀라야 한다. 내가 어디서 어떻게 사는지 모를 그를 무서워하고 피해야 한다. 언젠간 마주칠지도 모를 그를 대비하기 위해 수많은 연습을 해야 한다.

일어나지도 않을 죽음을 상상하며 식은땀을 흘리고, 혹여 다시 돌아올 주먹을 위해 살려달라고 비는 연습을 한다.

이제 그런 일은 없다고 그 사람은 없다고 아무리 말해도 나는, 나에게는 존재하는 그를 잊을 수 없다.

소나기

　진, 비 온다. 너랑 있을 때 갑자기 내리던 소나기에 어찌할 줄 몰라 발만 동동 구르고 있을 때 한 치의 고민도 없이 내 손을 덥석 잡고 빗속으로 뛰어 들어가던 네 뒷모습이 생각난다. 온몸이 다 젖어도 해맑게 웃으면서 뛰어가던 뒷모습이 자꾸 눈에 보인다.

그렇게 너랑 여름비까지 맞을 줄 알았는데 우리 너무 멀리 왔네.

지금 내리는 비를 보면서 너는 내 생각을 할까. 바람이 불 때마다 비릿한 비 내음이 너의 향기로 느껴져서 자꾸만 가슴이 먹먹해져 이미 오래전에 다 울어버려서 이제 눈물도 나지 않는다. 가슴은 먹먹한데 울컥 속에서 무언가 솟구치는데 쏟아내지는 못하고 그리움인지 외로움인지 원망인지 사랑인지 알 수가 없다.

괴롭다. 괴로워서 가슴만 두드린다. 땅에 부딪히는 빗줄기가 아프다.

나를 때리는 것 같아 너무 아프다. 차라리 그때 죽어서 비가 됐으면 좋았을 텐데. 그러면 네가 있는 곳을 찾아 내렸을 텐데. 이런 감정 힘들다. 사랑은 반으로 나눠야 하는데 네 몫까지 내가 가져와 버려서 사랑에 깔려 죽어도 이상하지 않을 만큼 무겁다.

환상통

사람들의 이중성에 지쳐 남은 약을 모두 삼켰다. 혼미해지는 정신을 간신히 붙잡고 침대에 누웠지만 여전히 서 있는 것 같은 느낌이 들었다. 말의 무게감을 뼈저리게 느꼈다. 누워있지만 몸이 무거웠다. 긴 꿈을 꿨다. 모두 가면을 쓰고 가짜 이름이 적힌 명찰을 달고 한 마디씩 뱉었다. 목소리가 섞였다.

누구의 목소린지 찾을 수 없었다. 쌍욕이 들리기도 했고, 죽으라 윽박지르는 목소리도 들렸다. 도망가고 싶었다. 발이 떨어지지 않아서 주저앉아 귀를 막았지만, 나를 죽이는 목소리는 얇은 손바닥을 뚫고 고막을 찢었다. 막은 귀 사이로 피가 흘렀다. 눈을 감아도 나를 향한 시선이 느껴졌다. 고통에 신음하다 제발 사라져 크게 외치고 나니 모두 다 사라졌다. 쉽게 사라진 사람들이 미웠다. 모두 가짜 이름을 달고 있어 누군지 찾을 수 없었다. 귀가 멀어 어떤 소리도 들을 수 없었다. 그 누구에게도 책임을 물 수 없었다. 눈을 뜨고서도 현실을 자각하지 못했다.

꿈에서 깨고 나서도 느껴지는 고통에 한참을 헤어 나오질 못했다. 언제 끝날지 모를 환상통을 겪고 있었다.

나는
시체가
된다

애써 숨기려 한 우울은 금방 들통이 나 10분이 채 되지 않았음에도 불안한 시선으로 주변을 살피고 손바닥은 땀에 젖어 몇 번이나 옷에 닦아 냈는지 모른다. 피하지 말고 맞서 싸워야 한다던 의사의 말을 곱씹어 불안으로 직접 뛰어들었던 순간 웃음기 가득한 대화들이 내 살갗을 스치고 상처를 낸다.

간지러워 벅벅 긁어야 그나마 속이 편해 피가 나도록 손등을 긁고 나서야 한 발짝 더 가까이 갈 수 있었다. 그럼에도 입 밖으로 튀어나올 듯한 심장을 꾸역꾸역 삼키고 죄 없는 발가락을 꼼지락거리다 결국 저도 모르게 눈물이 왈칵 쏟아져 불안 속에서 뛰쳐나와야 했다. 약을 먹어도 멈추지 않는 눈물에 가장 익숙하고 안전한 곳으로 갔음에도 그곳이 어딘지 조차 모르겠는 공포감에 덜덜 떨며 살려달라 울부짖는다.

나를 죽이려 드는 자는 아무도 없었지만 평범한 말들이 나를 죽인다고 생각하게 만드는 발작이 미워진다.

평화만 가득한 방 안에서 나를 죽일까 불안에 떨어야 하는 자신이 두려워 밖으로 뛰쳐나가 멈추지 않는 눈물을 손등으로 닦아내며 담배를 몇 개비나 피웠는지 모른다.

　예상보다 오래 발현된 발작에 몇 개의 약을 먹었는지 기억조차 나지 않는다. 이렇게 사는 게 과연 사는 것인가 죽음보다 더 죽음 같은 삶을 원치 않는다. 뒤늦게 약효가 들어 하루 반나절을 기절한 듯이 잠에서 깨어나지 못했다 죽은 이의 삶과 다를 바 없다 살아있지만 살아있지 않다 눈을 감았을 때의 삶이 살아있음을 느끼게 해 준다. 눈을 뜨는 순간 나는 시체가 된다.

많은 것을
두고 왔나보다

   너무 많은 것을 두고 왔다. 양말부터 외투까지 사사로운 물건 하나까지도 다 놓고 왔다. 언젠가 사랑을 하고 이별할 때면 아무것도 남기지 않는 사람이 되어보겠다고 다짐한 적이 있었는데, 이번에는 너무 많은 것을 두고 왔다. 사랑은 나에게 잔뜩 남기고만 가는 존재라 혼자 아프고 혼자 울다 보면 다 빠져나가고 없었는데.

이번 사랑은 특이하게도 내게 남은 것 없이 남기고 온 것들만 가득하다. 혼자 아파하지도 못하고 혼자 울지도 못하는 사랑은 어쭙잖은 미련만 남아 자꾸 너를 떠올리게 만든다. 양말 하나가 생각나서 네가 생각나고, 배터리가 닳은 휴대전화를 충전기에 꽂다가 두고 온 충전기 선이 생각나서 네가 생각난다. 이불을 덮고 잠이 들지 못하고 몇 시간을 뒤척이다가 두고 온 이불이 생각나고 이불을 덮어도 추웠던 너의 집이 생각난다. 나는 이렇게 두고 온 물건마저 아파 너를 생각하는데 너는 두고 간 물건조차 신경 쓰지 않고 나를 생각하지도 않는다. 너는 그렇게 끝까지 이기적이다.

이기적이다 못해 사람이 아닌 로봇 같은 너를 보면 어떻게 네 입에서 사랑한다는 말이 나왔는지 믿어지지 않는다.

사랑을 뱉던 네 입술은 더 이상 사랑을 뱉지 않던 입술보다 어색했고 나를 바라보던 다정한 눈빛보다 고양이를 바라보는 따뜻한 눈빛이 더 어울리는 사람이다. 나는 두 번 다시 사랑 따위 하지 않겠다는 진부한 다짐을 하고서 너를 생각하며 글을 쓰고, 너는 모든 걸 내놓은 채 내 생각 따위는 단 한 번도 하지 않는다. 너는 늘 그렇게 이기적인 사람이었다. 끝까지 이기적이다. 내가 너무 많은 걸 두고 왔나 보다.

마지막
잎새

　저 나뭇잎이 떨어지면 나는 죽을 거야. 뜻도 모르고 책 따라 읊었던 문장이 머리에 남아 여전히 나뭇잎이 떨어지기만을 기다리는 치졸한 사람이 되었다. 사실은 죽는 게 무섭다고 솔직하게 말하면 되는데, 가지만 남은 나무를 보고도 못 본 체 손으로 가리기 바빴다.

그러다 잎이 달린 나무를 발견하면 '거봐, 저러니 내가 못 죽지.' 하며 한탄했다.

여전히 죽는 건 무섭지만 봄이 지나고 여름에 가까워진 지금 잎이 무성한 나무를 보면 가슴이 답답하다. 언제 저 잎들이 다 떨어질까, 그럼 나는 언제 죽을 수 있나 하나, 둘 잎사귀를 세어본다. 그러다 부질없는 짓이라며 숫자 세기를 그만둔다. 이번에는 죽을 수 있을까.

만개하는 꽃을 보면 우울함에 빠지고 떨어지는 나뭇잎을 보면 죽음을 회피하는 나는 겨울에 태어났다.

자연이 잠들어 있을 때 태어난 나는 외로웠고 추웠다. 축하받지 못한 탄생은 애도 받지 못한 채로 죽어야 한다. 아무도 모르게 조용히 사라져야 한다. 마지막 잎새를 기다린다.

죄인의
기도

　믿고 따르던 신부님에게 들은 이야기다. 신은 늘 우리 곁에 머물며 우리의 기도를 듣고 소원을 들어주는 마법사가 아닌 그저 우리가 더 나은 방향으로 갈 수 있게 여러 방법을 제시해 준다고. 때로는 인간의 모습으로 나타나 나의 부모가 되기도, 나의 친구가 되기도, 나의 언니가 되기도 한다고.

그렇다면 신부님, 신이 우울의 모습으로 저를 찾아온 거라면 저는 어떻게 해야 할까요. 신부님께서 말씀해 주셨던 이야기가 머리를 떠나질 않습니다. 신은 늘 저의 곁에 존재하시며 저의 기도를 들으셨고 제 기도를 통탄스럽게 여기셨는지 직접 귀한 몸을 이끌고 저에게 찾아오셨습니다.

신부님, 매일 죽고 싶다며 기도하던 딸에게 신은 살아갈 희망이 아닌 더 나은 죽음으로 가는 법을 알려주십니다. 그렇다면, 신은 악한 자입니까, 선한 자입니까.

이런 물음조차 지옥으로 떨어질 딸은 고해성사해도 씻기지 않은 죄를 가지게 됩니다.

신부님, 이것이 신의 뜻이라면 저는 이제 그만 지옥보다 더 지옥 같은 세상에서 괴로운 삶을 포기하고 편히 눈을 감으려 합니다. 신부님의 말씀대로라면 지옥에서도 신은 언제나 저의 곁에 계시겠죠. 모든 아픔을 끌어안고 죄인이 된 딸은 지옥의 나락으로 떨어집니다. 어쩌면, 아름다울 그곳으로 떨어집니다.

죄인인가,
인간인가

    한 줄기 빛도 새어 들어오지 않는 방에 누워 나는 늘 주기도문을 외운다. 성부와 성자와 성령의 이름으로 아멘. 성호경을 그을 기력조차 없어 머릿속으로 성호경 긋는 상상을 하며 마음속으로 '아멘'을 외친다. 그리고 아주 작은 목소리로 주기도문을 외운다.

하늘에 계신 우리 아버지, 아버지의 이름이 거룩히 빛나시며, 아버지의 뜻이 하늘에서와 같이 땅에서도 이루어지게 하소서. 오늘 저희에게 일용할 양식을 주시고 저희에게 잘못한 이를 저희가 용서하오니, 저희 죄를 용서하시고 저희를 유혹에 빠지지 않게 하시고 악에서 구하소서. 아멘.

그리고 다시 성호경을 머릿속으로 긋고 마음속으로 '아멘'을 외친다. 그렇게 한참을 중얼거린다. '저희에게 잘못한 이를 저희가 용서하오니⋯.' 이해할 수 없는 문장이다. 왜 잘못한 이를 용서해야 하는가.

성경에 보면 누군가가 너에게 오른쪽 뺨을 때리면 왼쪽 뺨마저 내밀라는 구절도 나온다. 도대체 왜 그래야 하는지 매일 의문이 들었다.

내가 아픈 이유도 그들을 용서하지 못해서일까. 죽도록 원망하고 또 원망해서 이렇게 아픈 것일까. 매일 밤 주기도문을 외우며 되뇌었다.

그러다 신부님을 만났다. 오랜만에 만난 신부님께 이 모든 고민을 털어놓자 신부님은 나에게 '그건 예수라서 가능한 거야.'라는 해답을 내려주었다.

인간이기에 고통받고 인간이기에 용서할 수 없는 자. 인간이기에 미움받고 인간이기에 사랑받는 자. 인간은 예수처럼 모두를 수용하고 받아들일 수 없다는 것을 가르쳐 주었다. 그날 이후로 나는 주기도문을 외우지 않는다. 인간이기에 누군가를 미워하고 고통받고 원망하기 때문에 주기도문을 외울 수 없다.

성당을 찾는 발길도 끊은 지 오래된 내가 유일하게 하던 종교적 의식이었지만, 그마저도 포기해버렸으니 나는 이제 신이 있다고 믿지 않는 것인가. 그렇다고 하기엔 나는 신이 있다고 분명히 믿고 있다.

하지만 나를 아프게 한 그 누구도 용서할 수 없다. 나는 그럼 죄인인가. 인간인가.

제 3부

살아있으니까

무조건
적인
믿음

유난히 나약해진 오늘 이유 없는 위로를 받았다. 누군가에게 필요한 사람이 되고 싶었던 나는 우울증에 걸린 후로 쓸모없는 사람이 되었고 필요할 때만 찾던 자들은 모두 나를 외면 하기 시작했다. 거대한 세상에 홀로 덩그러니 남겨진 기분에 적적함을 느끼던 때에 나를 찾아준 건 이름도 얼굴도 목소리도 모르는 자들이다.

공통된 것이라고는 좋아하는 것이 같다는 것밖에 없음에도 그들은 나를 무조건 위로하고 내 편이 되어줬다. 참으로 기이한 경험이다. 때로는 제삼자에게서 얻는 힘이 있다고 생각은 해왔지만, 직접 경험하고 나니 믿기지 않는다. 나는 무조건적인 위로와 믿음, 사랑을 주면서도 받아 본 적은 없기에 그들의 무조건이 참 신기하다. 고맙기도 하고 어떤 말로도 표현할 수 없는 이상한 감정이 들었다. 오늘 또 한 번 죽음과 가까이 갔던 나를 그들이 삶의 문턱으로 밀어 넣었다. 내일을 살아갈 희망이 생겼다.

행복했으면

사랑하는 사람이 있다. 그는 내 이름도, 얼굴도, 나이도, 존재 여부조차 알지 못하지만 나는 그를 사랑한다. 매일 눈을 뜨고 감을 때까지 그를 생각하고 그에 대해 이야기한다. 식사 때가 되면 꼬박꼬박 밥은 챙겨 먹었는지 생각하고 날이 더우면 그곳도 많이 더울지 걱정한다.

불확실한 나의 미래는 회피하면서 그의 미래에 대해 고민하고 건강이 좋지 않던 그가 이제는 괜찮은지 마음에 안정은 찾았는지 늘 살핀다. 지겹도록 불러대는 그 이름은 습관이 되어 할 말이 없는데도 그의 이름을 부른다. P야, P야 부르면 이상하게 혈색이 돈다. 24시간 중 거의 모든 시간을 우울함에 허덕이는 내가 그의 이름만 부르면 환희 웃는다. 누구는 바보 같은 사랑 그만하라고 하지만, 그 바보 같은 사랑이 나를 살렸고, 살게 한다. 평생토록 내가 누군지 몰라도 괜찮으니, 당신이 행복하기만 했으면. 당신의 불안과 우울, 슬픔과 불면.

내가 다 가질 테니 내 작은 행복까지 끌어
다 가져가 당신만은 행복했으면.

내면아이

나의 내면 아이는 열여섯에 멈춰 있다고 한다. 그때의 감정을 고스란히 안은 채로. 감정은 자라지 않아서 내가 20대 중반이 되어도, 10년이란 시간이 흘러도, 자꾸 10년 전을 기억하는 거란다. 현재를 살고 있는 자신이 여전히 10년 전을 사는 열여섯 아이처럼 느끼고, 생각하고 그런 거라고.

현재의 내가 10년 전 나에게 나는 20대 중반이 되었고, 그때의 내가 아니다.

현재를 살아야 하고, 현재 느끼는 감정도 중요하다. 그러니, 이제 그만 잊고 받았던 상처를 그만 잊고 현재의 삶을 살 수 있게 도와달라고. 그렇게 말할 줄 알아야 한다고 했다.

상담사의 말을 듣고 잠깐 내면 아이에게 말을 걸어봤다. 여전히 혼란스럽기는 했지만, 신기하게도 마음이 조금 편안했다. 하지만 지금의 나와 내면 아이가 직접 마주하는 순간이 생긴다면 그렇게 말할 수 있을까?

나는 내면 아이를 지옥으로 밀어 넣었던 장본인이다. 그런 내가 과연 내면 아이에게 도와달라 말할 수 있을까. 여전히 혼란 속에 사는 내가 깊은 뿌리를 내리고 굳건히 자신의 의견을 내뱉는 내면 아이를 보듬을 수 있을까.

살아내어라

　죽겠다는 사람이 타인에게는 살라고 말한다. 어이없게도 나는 죽어도 그들은 죽지 않았으면 좋겠다. 양가감정이 드는 내가 웃기다 웃겨서 꺽꺽 미친 것처럼 꺽꺽 웃는다. 죽는다는 년이 살라고 발악하는 게 웃기다.

어차피 나 까짓게 하는 말 귀담아듣지도 않을 텐데 힘들어 보이는 사람이 있으면 어떻게든 도와주려 한다.

자신도 돌보지 못하면서 남은 그렇게 챙긴다. 나를 그렇게 챙겼으면 지금쯤 평범한 일상을 살았을 텐데 후회하면서 마음은 안 그렇다 이성과 감정이 공존한다. 돌고 돌아 결국 감정이 더 크게 남는다.

가면

혐오스럽다. 누군가를 증오하기 위해 싫어하는 그를 꾸준하게 지켜보는 눈알이 혐오스럽다. 하루 종일, 24시간 그의 행동과 말을 보고 듣고 하나라도 걸려들기를 바라는 낚시꾼 같은 그들이 징그럽다. 죽기를 바라며 그의 행동을 꼬집고, 죽으라 말하며 그의 말을 곱씹는 그들의 이중성이 더럽다.

여러 눈알이 공중에 둥둥 떠서 지켜보는데 제정신으로 살기 어렵지. 톡 찌르면 비눗방울처럼 터지는 모습에 동심이 담겨 있는 것 같아 더럽다. 남의 사생활을 들여다보면서 제 동심은 가진 모습이 역겹다. 어디를 가나 찾아오는 눈알은 행동을 조심하게 만들고 자유를 빼앗아 간다. 집에서도 지켜보는 눈알 덕에 자아를 잃은 지 오래다. 나는 내가 아닌 모습으로 살아간다.

별이
되었다

세 명의 사람이 있다. 죽고 싶은 사람과 죽을 수 있느냐 빈정대는 사람, 그들을 지켜보는 사람. 죽고 싶은 사람은 자기 삶이 기구하다며 매일을 한탄하고, 빈정대는 사람은 네까짓 게 뭐가 그리 기구하냐며 빈정거린다. 그들을 지켜보는 사람은 아무런 말이 없다.

어느 날은 지켜보는 자가 입을 열었다.

'이제 그만. 너희도 그만할 때가 되었어.' 그러자 남은 두 사람은 놀라 지켜보던 사람을 쳐다보았다. 그 말을 이후로 지켜보던 자는 그 두 사람을 떠났다. 남겨진 두 사람은 어안이 벙벙해져 죽겠다는 말도, 빈정대는 말도 하지 못했다. 그저 자신들의 처지가 안쓰러웠다. 불쌍했고, 안타까웠다. 그리고 궁금했다. 여태껏 우리가 왜 이렇게까지 싸웠는지. 침묵하던 자의 빈자리가 뼈저리게 느껴지는 순간이었다. 매일을 죽겠다며 한탄하던 자는 왜 죽으려 했는지에 대해 생각하게 되었고,

죽을 수 있냐 빈정대던 사람은 빈정댄 이유에 대해 생각하게 되었다. 그러자 지켜보던 자가 다시 돌아와 그들을 가만히 안아주었다. 그러자 연민의 감정이 물밀듯 밀려왔다. 눈물이 흘렀고 세 사람은 부둥켜안고 한참을 울었다.

　그리고 지켜보던 사람을 제외한 두 사람은 서서히 사라지고 별이 되었다.

겨울에
살았다

겨울에 살았다. 앙상한 가지와 차가운 바람이 매섭게 불어오는 황무지에 홀로 서 있었다. 하얀 눈이 가득하고 홀로 남겨진 세상에 발자국은 하나뿐이었다. 어느 날부터 신기하게도 눈이 녹기 시작하고 바람이 따뜻해지고 나무에 잎이 자라기 시작했다. 가만히 생각해보니 당신을 만난 후였다.

아직 다 녹지 못한 눈은 여기저기 뭉쳐 땅을 더럽히지만 하나뿐이던 발자국은 여러 개가 되었다. 내가 가장 사랑하는 남자의 말과 글을 곱씹고 곱씹어 겨우 생명을 연장해 나가고 있던 날, 당신의 글은 새로운 생명을 불어넣었다. 아마도 사랑. 사랑이라고 했다. 다른 모양의 사랑. 어쩌면 내가 가장 사랑한다고 말하는 그 남자보다 더 사랑할지도 모르는 사랑. 당신과 주고받은 감정들은 크기를 키우고 매일 젖어있던 베개는 어느 순간 말라 있었다. 길을 잃어 오랜 시간을 헤매던 어린 소녀의 손을 잡고 옳은 길을 알려 준 당신은 참으로 고마운 사람.

아무도 위로하지 못했던 어린 소녀를 위로해 준 단 한 사람. 그 흔한 감사 인사로는 부족할 만큼 고마운 사람. 사랑이다.

중력

중력에 의해 땅에 붙어있는 발을 겨우 떼어내고 걸어가는 저를 보십시오. 발바닥이 땅에 눌어붙어 피부는 다 벗겨지고 피딱지가 앉아 더 이상의 통증은 느껴지지도 않습니다. 한 걸음 한 걸음 내디딜 때마다 느껴지는 울퉁불퉁한 시멘트 바닥의 뜨거운 열기가 새로 자라나는 피부를 녹인다.

나을 새 없이 빨간색이 되어 버린 발을 보고도 자꾸만 앞으로 걸어간다. 어떻게든 사람들 틈에 끼어보려 앞으로 나아간다. 하지만 쩍쩍 들러붙은 발은 쉽게 떨어지지 않는다. 괴롭습니까. 네 괴롭습니다. 괴로우면서 왜 그리 억지로 걸어가십니까. 이게 보통의 삶이니까요. 기력 없는 사람의 목소리는 담담하다. 눈가에는 물기가 서려 있다. 인생이 참 기구했습니다. 아무리 걸어도 중력에 의해 발이 쉽게 떨어지지 않더군요. 태어날 때부터 그랬습니까. 그건 아니었던 것 같습니다. 어느 순간 둘러보니 주변 사람들은 쉽게 걸어 다니더군요. 그때 깨달았습니다. 나만 제대로 걷지 못하는구나.